KB076030

베누스 푸디카

베누스 푸디카

창비

차례

제1부 · 정숙한 자세

제2부 · 당신이 물고기로 잠든 밤

제3부 · 깨지지 않는 꽃잎들

제4부 • 술래는 슬픔을 포기하면 안된다

제1부

정숙한 자세

베누스 푸디카*

옛날, 옛날, 옛날
(뭐든지 세번을 부르면, 내 앞에 와 있는 느낌)

어둠을 반으로 가르면
그게 내 일곱살 때 음부 모양
정확하고 아름다운 반달이 양쪽에 기대어 있고
아무도 들어오려 하지 않았지
아름다운 틈이었으니까

연필을 물고 담배 피우는 흉내를 내다
등허리를 쩍, 소리 나게 맞았고
목구멍에 연필이 박혀 죽을 뻔했지 여러번
살아남은 연필 끝에서 죽은 지렁이들이 튀어나와
연기처럼 흐르다 박혔고
그렇게 글자를 배웠지

꿈, 사랑, 희망은 내가 외운 표음문자
습기, 죄의식, 겨우 되찾은 목소리, 가느다란 시는
내가 체득한 시간의 성격

나는 종종 큰 보자기에 싸여 버려졌고
쉽게 들통났고,
맹랑했지
(끝내 버려지는 데 실패했으니까)

어느 여름 옥상에서 어떤 감정을 알게 됐는데
떠난 사람의 길고, 축축한, 잠옷이
펄럭이는 걸 보았지

사랑이 길어져 극단까지 밀고 가다
견디지,못하면
지구 밖으로 밀려나는구나
피가 솟구치다 한꺼번에
증발하는구나

후에 책상 위에서 하는 몽정이 시,라고 생각했다가
나중엔 그의 얼굴을 감싼 채 그늘로 밀려나는 게
사랑,이라고 믿었지만

일곱살 옥상에서 본 펄럭이는 잠옷만큼은
무엇도 더 슬프진 않았고

그때부터 나는 본격적으로,
모든 면에서 가난해졌다

* Venus Pudica. 비너스상이 취하고 있는 정숙한 자세를 뜻하는 미술용어. 한 손으로는 가슴을, 다른 손으로는 음부를 가리는 자세를 뜻함.

녹

이파리로 가득한 숲속에서
나무는 얼굴이 어디일까 생각한다

바람의 힘으로 사랑에서 떨어질 수 있다면

이파리들은
나무가 쥐고 있는 작은 칼
한 시절 사랑하다 지는 연인

누군가 보자기가 되어
담을 수 없는 것을 담으려고 안간힘을 쓰는 일
떨어지기 위해 물방울이 시작하는 일

두세해 전 얼었던 마음이
비로소 녹고

어디선가 '남쪽'이라는 꽃이 필 것도 같은

고요한 싸움

버드나무 아래서 기다래지는 생각
버드나무는 기다리는 사람이
타는 그네

참새 무덤을 만든 사내가
죽음으로부터 멀어지고
새가 되려다 실패한 고양이의 눈 속엔
비밀이 싹튼다

허방과 실패로부터 도망가는
지네의 붉은 등

소문이 무성해지는 힘으로 봄은 푸르고
변심을 위해 반짝이는 잎사귀들이
버드나무를 무겁게 누르는 오후

여름은 승리가 아니다

흔들리는 것은 죽은 참새와 그네 위

기다래지는,
생각

버티어야 할 것은
버틸 수 없는 것들의 등에 기대어
살기도 한다

침대

소리를 기다리는 귀가 누워 있는 방

심장이 몸 밖으로 나와 저 혼자 툭,
떨어질 때가 있다
바닥에서 터지거나 숨거나
스미는 기척도 없이
어둠의 등을 가르며 하염없이

누운 귀가 펄럭이는 방

곧, 곧, 들릴 것 같은데
회색이 될 것 같은데
다하기 전에는 움직일 수도 없는데

붉은 궤적을 따라 신경이 쏟아지고
주황, 아니면 빨강이겠구나 너는
막돼먹은 바람처럼 달렸겠구나

실의는 오래
살아남았지

밤의 긴 혓바닥 위에 '우리'라는 깃발을 세우고
행복해서 육손이가 되었지
뿌리가 액체로 흐르다 겨울 끝자락에서 겨우
굳을 수 있었지

꿈속에 속눈썹을 두고 왔어
찾으러 갈까

침대 2
시간들

꿈에 지네가 되었다
펼쳐진 밤의 문장을 읽다
한꺼번에 증발한 다리

나이가 든다는 것은
마음에 한장씩 이불이 깔리는 일
어느날 한꺼번에 다리를 잃어도
몸통을 핥으며 살 궁리를 하는 것

생각은 이동 중에 발각되거나
고인 채로 굳어 침대가 된다

깨어날 때 떨어뜨린 가벼운 기억, 때문에
밤의 늑골이 벌어진다 향기,
엎질러진 것들이 도망가면서 일으키는 반향
냄새가 바닥에 닿기까지 아흔세번
모퉁이를 휘감은 리본의 흔들림이 필요하다

중심에 다가서지 못하고

누군가 멀리 돌아가는 풍경

꿈에
사라진 다리가 되었다

비 오는 식탁

허기가 이기는 게임을 할래?

부엌, 할 때 '엌' 하면 갈고리가 생각나
수많은 갈퀴들이 냄새를 긁어모으는 풍경

이름표를 떼고,
실체가 된 유령들이
식탁 아래 쌓이는 놀이를 할래?

말과 혀와 색을 숨기고,
위보다 아래를 풍성하게 해볼래?

울고 싶은 사람은 없지만
물기 가득한 식탁
하나의 투명이 젓가락을 들자
누군가 귓속말을 하고

갇히는 것 중 제일은 빗속이야
탁 타다닥,

발버둥치는 물의 리
듬

식탁 위
올랐다 내려앉는 빗금처럼
나풀거리는 젓가락들

무용수

꽃기린 위를 걸어오는 바람

발톱을 세운 봄의 구두

바닥에 세워놓은 염색체 무리

뿌리에서 놓여난 식물

유연한 나뭇가지

척추가 늘어나는 밤과 낮
시치미를 발목에 달고
허밍으로 비밀을 발설하는 무희들

감은 눈으로 긁적이는 먼 나라의 문자

목숨을 담보로 춤추는, 포식자 앞의 새

잃었다는 기억을, 잃은, 날개

수천송이 코스모스들이 이룬 벨벳혁명

춤추라!
소리를 빼앗긴 노래들아

가장 부드러운 것들이 모여
쏟아지지 않는 발기를 이루고

(이 모든 것 사이를 흘러다니고 싶어요)

이별에 관한 일곱개의 리듬

1

사과에 내리는 붉은 빗방울들

둥그런 능선을 따라 아래로 떨어지는 가을

모르는 사이에 이혼을 몇번 했을까, 사과나무는

2

당신의 수염
얼굴에서 자라는 뿌리

내가 매일 잡아먹는
달빛들

3

코스모스는
가을에 핀 키스들

잠정적으로
잠정적으로

살아 날뛰는

이별들,

4
발 없이 걸어다니다 들킨 지네처럼
어느날 갑자기 당신이 늙어도

막무가내로 걸어나가는
생(生)을 잡을 순 없지

5
붉은 색연필로 당신의 테두리를 그리다

입술 주름에서 빨강을 부러뜨리겠다

치켜올라간 눈꼬리, 그 기울기가 내 길이다
서툰 날짐승들이 배를 끌고 지나다니던

돌멩이들이 날아와 내 속눈썹을 뽑는 밤
종이 위 다섯개의 무덤을 짓고
기억을 해독하고 싶을 때마다 하나씩 부숴 먹겠다

6
흰 장송곡들의 종착역

가난한 사람들의 뒤꿈치가 모여 자는 곳
목이 쉰 남자들이 목적을 잃어버리는 곳

무덤 위에 내리는 눈은
무덤의 무덤

7
가는 사람

이승에서의 마지막은
포도 상자를 손에 들고 가는 뒷모습이었지

흔들어볼 팔도 없이
눈과
등이
전부였던 사람
늘 반달만큼 모자랐던

포도 향에 팔려 먼 곳으로
아직도

가고 있는 사람

꽃밭, 흡혈

안경처럼 늙고 싶어

먹이를 발견한 짐승이
세상을 압인(壓印)하는 동작으로

늙고 늙어버려
흰 망토에 휩쓸리고 싶어
순간에 백년을 살게 한다는
캄캄한 눈동자에 한방,

얼어버린다면 어떨까
녹아버린다면 어떨까

시들기 위해 터지는 폭죽 아래 집을 짓고
버섯이 되는 우리들
하하,
사람처럼 느린 꽃이 어디 있담 피었다 지기까지

웃으며

날아가는 민들레

혀 위의 죽음*

할 수 있지 내 팔을 부러뜨릴 수 있지 내 모가지를 부러뜨릴 수 있지 내 상체와 하체를 동강 내 하나씩 가질 수 있지 더 무거운 쪽을 내려놓을 수 있지 더 가벼운 쪽을 모자처럼 쓸 수 있지 머리 가죽을 벗길 수 있지 얼굴에서 눈 코 입을 떼어내 다시 배열할 수 있지 내 위에 올라탈 수 있지 올라타서 쑤셔넣을 수 있지 함부로 몰아가며 사정할 수 있지 내 영혼을 봉쇄할 수 있지,라고 노래하던 종이

떨어졌다

비켜봐요!
잡을 수 없는 종,
잡을 수 없는
종,
잡을 수 없는 종을 보게
비켜보세요

나예요, 스스로 나예요,
내가 내려요 스스로, 나예요,

내리고 마는 나를, 떨어뜨려요 비가
스스로 나를, 멀리로 비가, 보내려는 나를,
떨어져요, 몰래, 스스로, 내려요, 비가 나예요
(나도 그랬어)

이것 좀 봐!
어제 내내 나를 덥혀준 혀들아,
완전히 새것인 혀들이
노래 부른다 우리를 위해
나도 그랬어 올라가는 게 뭔지
몰랐어
나도 그랬어. 자꾸만 길이
길어졌어
나도 그랬어

나는 그게 기타인 줄 알았는데,
밟으면 다시 튕겨 올라갈 줄 알았는데
다리가 젖고
무릎에서 다 늙은 달팽이들이 기어나오고

음악이 끝나고
저기, 엄마가 기다린다

내가 가고
엄마는
주홍색 비명 속에 들어가 자는 사람 능소화 속에서 피리를 부는 사람

사과는 먹히기 전에 합의한 적이 없다
나예요, 스스로 나예요,
음식은 스스로 음식이 되겠다고 합의한 적이 없다
내가 내려요 스스로, 나예요
어디로 갈까 이 밤에, 밤이 되겠다고 합의한 적이 있니
내리고 마는 나를, 떨어뜨려요 비가
세명의 남자아이들을 따라간 날
스스로 나를, 멀리로 비가, 보내려는 나를,

떨어져요, 내가
잡을 수 없는 종,

잡을 수 없는
(나도 그랬어)

* 2016년 6월 17일, 강원도 횡성의 한 아파트에서 투신자살한 17세 소녀를 추모하며 쓴 시다. 소녀는 남학생 세명과 함께 어울리다 새벽 3시쯤 일행 중 한명인 남학생의 집으로 들어갔는데, 두시간 뒤 9층 창문에서 떨어졌다. 남학생들은 성관계 사실은 인정하나 성폭행 혐의를 부인하고 있다.

실언 트라우마

손가락들은 벌써 잊었고,

그때 날씨와 보도블록에 떨어진 아이스크림과 흘러내리는 무지개와 뒤죽박죽 엉킨 채 걸어가던 팬티들과 바지보다 바지 속이 궁금해 고개를 수그리던 머리통과 머리통에서 떨어지던 기억과

그곳으로는 안 갈 겁니다

천성이죠 말보다 앞질러가는 것
먼저 튀어나온 말이 뒤돌아 나를 볼까봐
재빨리 튀어나온 말을 앞지르는 것
불안하거든요
하나 걸러 돋아난 이빨처럼
이빨을 건너다니는 말라깽이처럼
절뚝이는 건지 주저앉는 건지
쿵, 쿵
오른쪽과 왼쪽을 한번씩
(아니오, 나는 오른쪽과 왼쪽을 공평하게 사랑하는 건

데요)

오른쪽에 오른발
왼쪽에 왼발
동시에는 안돼요

시간은 지나가면서 유령이 되죠 뭉개지거나 각인돼요
오래 생각하면 안돼요
귀 막고 코 막고 가세요
입으로는 숨만 쉬세요

손가락들은
그곳으로 가려 하지 않을 거예요

아홉번 죽은 별들만 아름답다

실연에 실패한 자가 걸어가고 있다
북을 치던 손은 가고 흔들림만 남았다

승리한 거울들이 돌아눕는다
일렬종대
별들의 함성
함몰된 얼굴에서 일어나는 빛의 산란

행복해서 미칠 것 같다
자지러지는 거울들
복에 겨워 죽을 것 같다
자지러지는 거울들

지금은 계절이 번복되는 시절
수천송이 연(蓮)들이
봉오리째 수장(水葬)되는 밤
떠오르지 못하도록 부력을 삼키는 입술들
열두개의 머리가 가라앉는 하나의 몸통을 견디고
물의 허를 찌르며 깨진 것들이 태어난다

아홉번 죽은 별들만 아름답다는데 대관절
아름답게 죽은 별이란 게 무슨 소용일까?
살아나면 어쩌지
이 많은 생의 궁극들,
피어나면 어쩌지

밤의 이적수(耳赤手)로 죽음에 성공한 귀신들,
실연에 실패한 자가 언덕을 오르고 있다

암늑대들이 달아나는 법

미셸은 할머니가 떨어뜨린 알
태어나면서 깨지고 말았다
조각난 몸을 주워들고 미셸은
더이상 깨질 수 없는 액체가 되었다
눈빛에서 삿된 기운이 흘렀다
떨어진 사과가 나무를 향해 품은 독(毒)
어두워지는 꼭지의 원망
왜 나만 떨어져야 하죠?
미셸은 빛나는 이빨을 보여주었다

미셸, 이 고약한 계집
할머니는 흐르는 미셸을 한통 한통 담아
연(蓮)밭에 뿌렸고, 그중 한모금을 내게 주었다
얏호, 죽은 이들이 혈관을 타고 흐르네
잔치 끝의 여흥이 미셸의 발꿈치를 따라왔다

상한 데 없이 아름다운 도주

보세요 당신의 밑바닥만 적시고 있어요!

미셸, 이 못생긴 허깨비, 장난칠 거니?
뒤를 보세요 죽은 남자들이 걸어오고 있어요
달려요 엄마
할머니는 빙글빙글 돌았고
도자기처럼 깨지는 얼굴들!
미셸은 사금파리 속을 통과하며 달리고 달렸다

탯줄을 휘휘 둘러 할머니가 모가지를 낚아채려 하자
미셸은 빛나는 이빨을 보여주었다
내 속눈썹은 칼뭉치,
깜빡일 때마다 시야에 들어오는 것을 벨 수 있어요

탯줄을 놓은 할머니가
아름다운 오후처럼 흘러내리는 봄

음악에 부침

낙원악기상가를 떠도는 시인, 루시에게

흰 구두를 신고
휘파람으로 낡아가는
저기 루시가 걸어간다
루시!
루시!

몸으로 말해야 한다면
두려움 없이 시작해야 한다면

루시,
난 겁 안 나
그게 뭐가 중요하니

패배를 사랑하는 건 우리의 직업병
웃다가 쓸쓸해지는 건 얼굴이 미래를 보았기 때문

아주 커다란 원을 그리다 지치고 싶다

하늘에서 매미들이 다 쓴 날개를 떨어뜨리고

투명한 죽음들로 무거워지는 여름
우리의 밤이 모여 백야를 낳고
종이다!
흰 종이다!
글자들이 뛰어내리고

신발을 잃어버린 발들이 멀리서 걸어오고 있어
그들을 기다리자
힘이 센 혀가 그늘을 걷어내려다
한꺼번에 무너진다 해도
무너져, 흐른다 해도
물결치는 그늘과 파도치는 벽을
차고! 넘어!
노래해.

중요한 건
칼이 진정으로 날카로워
문장들이 겁에 질리는 거야

그 짓을 오래 하다 나자빠진 저녁,
그게 시인이야

루시,
난 겁 안 나
나 여기 있어
굴뚝
얼굴
입김이
내 집이야

제 2 부

당신이 물고기로 잠든 밤

흠향(歆饗)

꿈속에서 아버지가 군대에 가야 한다고 말했다

그럼 우린 어떻게 살아?

아버지는 대답하지 못하고
고개를 옆으로 기울이더니

사라졌다
실눈을 뜨고
잠에서 겨우 달아났을 때

보이지 않는 곳에서 누군가
사과 깎는 소리

발을 길게 끌며 향기가
둥글게 깎여나가고 있었다

당신이 물고기로 잠든 밤

당신 손목 있잖아
책을 펼쳐 내 쪽을 향해 보여줄 때
약간 비틀어진 모양,
난 그게 나무 같더라
물기 없는 갈색
나 거기서 태어난 거 같아
연노랑 잎맥으로
연노랑은 노랑의 이복 자매
가을이 떨어뜨린 약속

당신 지느러미 있잖아
내 미래 같더라
새벽에 자꾸 떨어지길래 주웠는데
어떻게 해야 할지
발꿈치를 들고 침대 주위를 배회하며
물고기 흉내를 내볼까

당신은 잠
미래는 강

당신 머리는 동그란 숲 같더라
여기가 백회(百會)인가,
무구한 풀들이 모여 기도하는 백회인가
이마 코 입술은 당신이 덮는 이불인가
심정이 어때요, 내가 물을 때
재빨리 펼쳐 덮는 이불인가

당신 꿈 있잖아
내가 혼곤하게 잠들었을 때
왼쪽 귀에다 부어주는 꿈,
뜨거운 주물(鑄物)로 탄생하는 꿈
내 꿈과 합쳐져 굽이치는데
가끔 벅차서 내가 흘리는 거
아나? 나비물로 촥,
침대를 적시는 거

날들이 까마귀떼로 내려앉아 뒤에 숨고
나는 모른 체,

전부를 맡기고 흘러가볼까

뭉개진 구절초 얼굴들 하나하나
펴서,
꼼지락꼼지락 다시
살아나도록 애쓰는 거
당신은 알까?

기다리는 자세

무릎이 하염없이 허공을 앓지를 때
입속 강이 말라 메아리가 생길 때
괄호 안에 갇힌 말들이 희미해지다
사라질 때 불리지 못한 이름이
수면 아래로 떨어져
소용돌이가 될 때
물결이 물결과 부딪쳐 구름의 얼굴이 찌그러질 때

밤이 반복되다 어그러지며
쌓일 때
허공을 점령한 높이가 한들한들
무너지려 할 때
찾는 사람은 유리컵이 되고 기다리는 사람은 조약돌이
되어
깨지거나
깨지지 못할 때

삼각형은 동그랗다 이름이 웃는 것처럼
장미는 애꾸고 버드나무는 울지 않는다

손목은 기도하다 꺾이고 욕망은 가난하다

강물은 날아가고
꽃들은 사악하고
죽음은 머무르는데

어떤 소란은 빛나지 않는다

침대 3

새벽에 혼자 깬 여인

새벽에 혼자 깬 여인은
종이보다 먼저 하얘진 문장
촉이 뭉개질 때까지 허공을 노려보다
커튼 뒤에 심을 숨긴,

금이 간 돌멩이에 기대 사는 여인

태풍 속에 무얼 두고 왔지?

시작도, 선언도, 기억도 없이
깊어진 것들
이름 귀퉁이가 부서진 것들
바닥을 쓸고 다니다 푸른빛으로 사라진 무릎
수건으로 두번 휘감아 숨긴 불온한 시절

침대에 박힌 가시들을 뽑고
베개에 묻은 기억들을 털고
파인 자리,
그 작은 홈에서 쏟아져나오는 안개를 밀쳐내다

자욱한 침실에서 탑으로
굳어가는 여인

더이상 지키지 않아도 되나요?
잠든 귀족과 죽어가는 촛불들

완성이란 더이상 걸을 수 없다는 선고,
일체를 거부하고 홀로 선 다리 한짝이
새벽에 기대 있다

화살과 저녁

모든 것에 실패하고 싶다

동그란 빛에 들어 자는 일
삼각형으로 생각을 세우고
그림자와 빛의 이별에 관여하는 일
목소리로 빛의 무늬를 희석하는 일

발끝으로 세상을 걸으면
발가락이 가장 빨리 낡을까

민들레, 개암나무, 피자두는
내 이름을 모르겠지
나는 그들의 이름을 안다고 생각하며
실패로 이루어진 화관을 만들어야겠다

나중에

죽은 사람들에게 씌워줘야지

나중에

죽었던 사람들이 듣고 있겠지

저녁에 오는 생각들은
실패에 엉기는, 실패(失敗)들일까

고양이

땅 위에 붙어사는 새
가로로 길게 누운 봄의 등고선
털을 뒤집어쓴 키스

시계추에 매달려 도망가는 리듬

높이를 낚아챈 비행선

가볍게 흘러내리는, 레이스

오늘 행운이 찾아왔다면

열지 마세요
열릴 거예요

꽃, 가장 약한 깃발

봉오리를 열다 좁히다 망설이는 사이
어둠을 빌미로 놓친 사랑이 몇개

들여다보려다 그만 코가 다치네
향기에 엉켜 눈이 머네

손등 하나 볼 언저리에 머물다 시들고
내가 당신 — 이라 부르던 사내는,
들은, 죄다 남의 남자가 되었다

이렇게 깊은데 당신은 왜 시작하지 않을까

종은 계속 울리는데

모르고 핀 꽃들은
들개의 축축한 주둥이에 물려
사라지거라

가벼운 장례식

발목이 잘린 귀신들에게 발을 그려주려고
숙인 허리
그 높이에서 살고 싶다

어제 죽은 꽃기린 몸은 2.7센티미터이다
그중 목 길이는 2.4센티미터
그를 위해 가벼운 장례를 준비하고 싶다

손톱만 한 흰 구두 스물다섯켤레
작은 목젖 열두개
흐를지도, 흐르지 않을지도 모를
눈물샘 여섯바구니
마루에 코를 뭉개고 잠든 무릎 네개

문턱에 널어놓은
살아보지 못한 날들,

조그만 것들의 과거에도
실감은 있다

자오선

그는 밤의 하인,

발자국을 손으로 쓸며 달리고 있었다

손가락이 펄럭이다
나뭇잎과 섞이는 줄도 모르고

냇물에 지문이 풀어져
물에 지도가 생기는 줄도 모르고

바다의 단단함이 무너져
파랑이 가루가 될 때까지
가루마저 쓸며 달리고 있었다

여름의 구심력

나뭇잎은 걸을 수 없다 묶일 발이 없고
손과 목과 얼굴이 없다

이파리에 돋은 맥은 여름이 숨긴 지도다

푸른 것들은 떨어질 일을 염두에 두지 않으니
어쩌면 좋을까

버드나무 아래 머리카락을 떨어뜨리고
가는 사람
투명하게,
길어지는 꼬리

떠난 공들이 돌아오고
태어난 자리에서 맹세가 사그라질 때

어떤 여름은 영원 속을 지나간다

가라앉은 방

단 하나의 눈동자 단 하나의 입술 단 하나의 얼굴이
죽어 있는 방

누군가 값진 것들만 훔쳐 달아나고,
남겨진 방
텅 비어 가득 찬 방
부러진 오후처럼 다리 한짝이
기대서 있는 방
둥근, 귀, 두조각이
떨어져 있는 방
떨어지다 들킨 방
한없이 더 떨어져야 하는 방

기다릴 수 없는 방 심장이 간지러운 방 손톱이 엉켜 있는 방 머리카락이 끊어진 방 아무것도 견딜 수 없는 방 아무것도 가릴 수 없는 방
얼굴을 잃은 빗방울들이 모여 문둥이처럼 흐려지는 방
가닿지 못한 이름들이
기름처럼 떠 있는 방

가라앉은

4월, 마이너스 십칠, 1997, 유령, 직각, 2014, 거대한 물살, 스무번도 못 셌어요, 19, 죽어라, 죽는다, 이런 씨발 것들, 죽을까, 죽었잖아, 죽인 걸까, 안 들리나봐, 나는 아냐, 바로 들어, 듣고 있어, 조용히 해, 됐다, 아니야, 가만히, 나는 몰라, 가만히 있어, 지나간다, 견뎌, 가만히, 듣고 있어, 죽음, 죽음, 죽음을

부러진 시간들이 초로 꽂힌 방

똑똑히 보세요
우리가 풍경으로 박히는 것을
찰칵,

문 열 수 없는 방
나올 수 없는 방

나는 결코 위로하지 않을 것이다

서랍

사랑하는 사람아
얼굴을 내밀어보렴
수면 위로
수면 위로

네가

떠오른다면

나는 가끔 눕고 싶은 등대가 된다

여름낮, 여름밤

할머니와 할아버지께

우주는 기다리고

비에 기대어 잠든 노부부
머리맡에 잉잉대는 풀 냄새

누가 부르면
불꽃 모양으로 길어지다 훅,
꺼질 것 같은

여름낮
여름밤

울음 안개

윗집 아이가 운다
울음에 손톱이 돋아 허공을 긁고
아랫집 천장을 긁고
한낮의 정적에 미세한 홈을 판다

아이가 운다
울다 오초간 악을 쓴다
악을,
악을,
악을,

악은 무엇일까
무엇이기에 이리도
지루하고 어두울까

아이의 발끝에 숨은 살기가
다섯해 동안 소량씩 모아온 악이
안개가 되어 우리 집 천장을 뚫고
바닥에 고인다

찢을 수도
닦을 수도
건질 수도 없는
울음 안개

천장을 향해 고개를 쳐들고
기다린다
쏟아질지 모르는 삶의 저의(底意)
어떤 벼랑,
어쩌면 비밀과 비밀을 찔러 죽일
뾰족함

쏟아지는 부엌

국자는 음식들이 타는 비행선
짧은 여행을 위해 오목해진 오픈카

칼을 쥐자 잘려나갈 수 있는 것들이 긴장한다
목소리가 높은 유리잔들이 쨍강쨍강 지나가고
나는 피 흘리지 않고 살아남은 것들을 추억으로 부를 수 없단다
반짝, 칼이 웃는다

뒤집개야 뭐 하니?
낮아지려는 속성을 가진 것들의 등을 돌려세우고 있어요
척추가 없는 것들은 무절제하단다
아래에서 위로, 위에서 아래로 몸을 던져
이제 그만!

도착하세요

식탁 아래로 비, 무덤, 와인
죽은 이름들이 쏟아지고

으깨져 발끝에서 곤죽이 되고
그걸 다 버릴 거니?

쓸려다니는 것이 기억일까, 얼룩일까

발을 들고 있어야 해요
타지 않도록

아침을 닮은 아침

지하철 환승 게이트로 몰려가는 인파에 섞여
눈 먼 나귀처럼 걷다가

귀신을 보았다
저기 잠시 비껴 서 있는 자
허공에 조용히 숨은 자
무릎이 해진 바지와 산발한 머리를 하고
어깨와 등과 다리를 잊고 마침내
얼굴마저 잊은 듯 표정 없이 서 있는 자

모두들 이쪽에서 저쪽으로
환승을 해보겠다고 안간힘을 쓰는데
그는 소리를 빼앗긴 비처럼
비였던
비처럼
빗금으로 멈춰 서 있었다

오늘은 기다란 얼굴을 옆으로 기울이며
지금을 잊는 게 아닐까

어제의 걸음엔 부러진 발목과
진실이 빠져 있는 게 아닐까

한마디쯤 멀리 선 귀신을 뒤로하고
개찰구를 통과하는 눈먼 귀신들

오늘 아침엔 아무도 서로를 못 본 채
모두가 귀신이 되어 사라졌다

제 3 부

깨지지 않는 꽃잎들

줄지어 선 매화나무 곁을 지날 때

앞은 사라지지

뒤는
떨고 있는 거울
봄이 잠긴 거울

유리 구두를 신고 아래로 떨어져도
깨지지 않는 꽃잎들
(나무의 손톱들)
향기는 그물에 걸려 버둥대고
코를 대보려 하자 열마리 벌들이 쿵쿵대는

말하자면 지금 이 한그루의 세계는
땅보다는 하늘의 관할인 거지

꽃 핀 매화나무를 지팡이 삼아 지날 때
옆이 살아난다

비스듬히,

몸의 변방을 찌르고 들어와
중심을 벤 생각들은
엲이 사라져도 좋겠다

베누스 푸디카 2

비밀의 자세

잘린 다리를 보여줄까,
비밀인데

절단된 무릎 주위로
달려드는 빛, 바람,

잘리지 않았다면 펼쳐볼 수 없었을
몸에서 가장 먼 곳

주둥이 끝을 덜덜 떠는 백조들이 숨기는 것은
무엇일까

빨강은 흰 바다에 빠져 가까스로 까치발을 서고
붉어지려다 잠들고

잘리지 않았다면 걸을 수 없었을
유년

몸을 밀치고 태어나는 다리들

수줍고 냄새나고 미끄러운

빠져나가는
분사되는
흡수되는

내가 귀신이었을 때

내가 귀신이었을 때
보았니

밤을 틀면 쏟아지는 잡음들
사이에서 수를 놓다
까무룩 잠든 혼령들

어둠속에서 실패에 실을 감으면
고개를 뱅뱅 돌리며 구경하다, 시뜻해져
없는 발을 비비며
없는 목을 떨구며
한시간 두시간, 자고 갔단다

내가 귀신이었을 때
무서웠겠니

어둠속을 걸어가는 나무들
새벽의 빛나는 이빨과
손끝에서 피어나는 안개를

내가 무서워했겠니

목을 꺾어 시들려 했을 때
한꺼번에 엎드리던 나무들
나보다 먼저 떨어지던

무수한 얼굴들

침대 4
주사위를 굴리다

혼돈
혼돈
꿈에 도착하기 위해 주사위 속을 뛰어다녔나

(꿈속에서)
너와 밀착, 나는 부러지고 가루가 되고 어둠이 되고
끊어졌다가
실타래처럼 이어졌다가
얼굴을 교환했다가
입술을 지웠다가

의자가 되어 돌아다녔어
움직일 수 없니 추억이
귀신 같니
하나, 둘, 셋
여러명이 의자를 끄는 소리
그게 다 나야 여기서 계속
가루를 날리고 있어

언젠가 너는 귀신이 되어 내 옆에 눕겠지
오렴 그때
누군가 우리를 번쩍 들어 굴리면
보라색 이파리가 되어야지
너를 안고 구르다
후두둑, 떨어져야지

침대 5
배웅

내 위에 눕지 마세요

나비, 엉덩이, 배 냄새, 눈물잠
다 가져가세요

눕는다는 것은 지는 게 아니라
내려놓는 거죠
눈동자 아래로 흐르는 여름의 무력과
피의 끈적한 걸음을 쫓으며
무지개의 마지막 색을 기억해보려 하겠지만

소용없을 거예요 당신은 해낼 수 없어요

내 말이 맞죠?
당신이 못하자 허공에서 피를 태우는 냄새가 났고
(끝났어요)

침대에서 천장까지 눈으로 그리다가
수백개의 모서리들이 내게 쓰러져 잠드는 밤

침대로 찾아오는 것들 중
가장 슬픈 게 당신이에요

왼쪽 새끼발가락을 줄게
이제 가세요

그애가 저녁에 하는 행동

유채빈에게

못생긴 저녁을 보았다
그애는 붉은 땀을 흘리다 하루에 한번
조약돌만큼 작아졌다
어둠의 비늘을 모았고
웃을 때면 눈 코 입이 흘러내렸다

그애는 유채꽃 비명 속을 뒹굴다
뚱뚱해졌다 향기만으로
꽃 간 뒤,
향기의 기척만을 겨우
얼굴로 데려왔다
꽁지에 시를 붙이고도 몰랐고
시를 똥처럼 지리기도 했다

못생긴 저녁이었다
그애는
낡은 재봉틀로 생각을 꿰매다 가끔은
스스로도 사라지게 했다
구멍 난 보자기와 조각난 내일이

그애의 전부였다

입속에 엷은 화상을 입은 듯
말이 부끄러운 아이
침묵의 갈비뼈에 금이 갈 때만
이따금 흔들리는 아이

있어야 할 빛과 모르고 태어나는
빛은
어떻게 섞일까

생각담요 아래 살다

바람이 덩어리로 지나다니는 겨울,
저녁입니다
무거워진 생각을 발끝으로 차며 걷는데
별안간 생각은 오래전
아랫목에 펼쳐놓은 밍크담요가 되어
펄럭이다 따뜻해집니다
안을 들춰보니
작고, 고요하고, 가느다란 옛날이
아무것도 모른 채 살고 있었습니다
어깨가 굽은 순한 가장들과
콩나물국에 밥을 말아 먹는 식구들
골목과 마당과 연탄 속을 뛰어다니다 잠든 쥐들
같이 살던, 쥐들
점선으로 걸음을 그리며 다가오던 저녁도
여전히 살고 있었습니다

다시 담요를 덮고
주문을 외우고 눈을 감으니
골목을 데리고 사라지던

두부장수 종소리

느리게 오는 기억은 오는 동안
귀퉁이를 잃지요
담요 아래서나 살지요

차가워진 턱 아래를 만져봅니다
지붕 아래 숨어 사는 고드름들이
한꺼번에 물이 되어 쏟아질 듯
흔들립니다

커튼

바람이 분다 커튼의 날갯짓
저기 봐,
꼭지가 묶여 있는 새가 날아간다

녹아버린 드라큘라의 망또
펄럭이는
펄럭이다 마는

바람이 흔들리는 벽에 얼굴을 부비며 기어간다
빛으로 사라지는 바람의 몸피

미래를 펼쳐보다
안쪽이 환해지면

공기를 흘리면서 떠오르는 사람
풍선처럼 뚱뚱해지다
터진 채 날아가는

커튼이 펼쳐놓은 정적 속,

부풀어오르다 몰래
시드는 생각들

귀가 무거운 사람

늙어 죽은 사람은 새벽이 가만히 놓아주는 사람
달의 손바닥이 둥둥 바람에 흘러간다
눈은 어둠에 간신히 깃든 강물
가난한 강물
남아 있는 빛이 할 수 없이
작은 틈으로 새어나온다

늙어 죽은 사람은 귀가 무거운 사람
세우다 지쳐 한꺼번에 무거워진다
눈썹은 수평을 짓는 그물
계절과 별들이 조용히 흩어진다

늙어 죽는 사람은
종일 사라지는 연습을 공들여 하던 사람
먼먼 고갯길을 누워 넘는다

계란 일곱개 복숭아 세개

1

발목에서 움이 돋는 소리
껍질은 가느다란 고요를 얻기 위해
끝없는 관성을 견디고
세상엔 도무지 열매 아닌 일이 없다

1

오르가슴을 한번도 느껴본 적이 없어요
스물두살,
필요하다고 생각한 것은
연필깎이, 미시마 유끼오의 『금각사』, 죽은 구두,
창문이 있는 집, 흡연과 금연,
소량의 살기,
불온한 구름과 비관으로만 이루어진 리듬
메두사는 검붉은 피로 활달했고
입술은 거머리처럼 허기로 부풀었다
보이지 않는 것과
만질 수 없는 것만 골라
몸 비볐고

생각은 부러지자마자 다시 자랐다

1
열세번째 손가락을 걸고 한 맹세는
사타구니에서 빗금이 되었다

네가 온 뒤
겨울은 목을 길게 뒤틀며 아름다워졌다

1
붉은 성기의 날들이 지나갔구나

1
지옥은 문이 닫히자 따뜻한 꽃밭처럼 아련하고,
다시 시작한다는 것은
서른세시간 동안 무지갯빛 똥을 누고
알록달록한 거품이 사라질 때까지 바라보다
무지렁이 같은 얼굴로 걸음을 옮기는 거야

날뛰던 사랑은 계란 일곱개 복숭아 세개
속으로 들어가 잠들다

발쇠*

잉마르 베리만의 「페르소나」에 부쳐

침묵 끝에 단 한번
배우의 입술이 떼이는 순간
눈을 보는 것이 아니라
눈동자를 손으로 만진 느낌
주름에 시선이 끼인다

눈썹과 눈가 주름, 수많은 클로즈업
술 취한 얼굴과 쏟아지는 얼굴
떨어져 박살 난 얼굴이 하수구에 모이면
비틀린 얼굴로 흘러가는 비밀들

페이스트리 같은 고통을 한겹 한겹 뜯어 먹는
배우의 같은, 다른, 무수히 변주하는 표정들
다 먹고 난 뒤에는
없는 고통을 먹는 연기가 필요할 것이다

* 남의 비밀을 캐내어 다른 사람에게 넌지시 알려주는 짓.

고요한 밤

손목을 묶인 죄수들이 벚나무 아래를 걸어가는 밤

달라지리라
배교보다 아름다운 종교는 없다

거울을 보던 당신은
당신과 똑같이 생긴 당신은
웅덩이를 바라보다 사라지고

가지에서 떨어지는 벚꽃들 밤의 파편들
흩날리는 죄수들

사이로,
오래된 당신이 끼어든다면

거룩한 밤

유다처럼 울고 싶은 밤이다

내가 고개를 숙여 사랑하던 불상은
불상인 줄 몰랐던 불상은
남의 애비가 되었다

너무 반듯한 건 싫다 반듯해서 누울 수가 있나
누워 가랑이를 벌릴 수가 있나
꼬리를 흔들어볼 수가 있나

한때 가난한 듯도 해, 품어보려 했던 것들은
우주처럼 살이 쪄 사라졌다

정신을 비틀어 짜 걸레통에 던져놓고
놀러가는 신이여
쌀알처럼 코딱지처럼 날개로 쓸려다니다
날 저무는 신이여

거대해지지 마소서

너무 거대해 사라지지 마소서

하층민

부를 수 없는 이름이 있고
불릴 수 없는 이름이 있죠
이름이 전부예요
아무래도 이번 생은 이름 없이 막을 내리고
암전 속에서 견디어야 하는가봐요
이름이 전부예요 틀림없죠
어느날은 전부가 거덜 나도록
이름을 지웠죠 그림자가 얇아지도록
이름이 전부예요 전부죠
전체 없이 부분으로 가득 찬 얼굴이 그래요
귀신하고는 다르죠 말랑하고
냄새가 나요
이제는 편해서,
이름 없이 전부인 이름으로 밥을 먹고
빨래를 하고 그늘에서 행복을 말리죠
행복은 흘러다니다 더 큰 이름에
부딪쳐 죽어요
대체로 잘 죽습니다
투명하게 서 있는 걸 잘하죠

옷을 입거나 색칠을 해서는 안돼요
슬퍼해도 되지만
분노하면 안돼요
부르면 대답해야 하지만
이름은 없어요
왜,라고 물으면 꿀밤을 맞지만
놀라는 척,
하지 않아요

뱀의 노래

노래하는 뱀들이 구불구불 전진하는 새벽

시집*을 읽다 전갈, 자전거, 고욤나무, 북쪽 여자에 걸려
뱀들을 한꺼번에 놓쳤다
삼십 센티미터가량, 어여쁜 내 뱀들
사방에서 아지랑이가 피어오르는 것 같았지

뱀들은 전갈을 피해
자전거 바퀴를 넘어
고욤나무 위에서 북쪽 여자를 보았지
보다가 그만 활짝,
피어버렸다

뱀아, 뱀아,
일어서볼래?
길게 엎드려 새벽을 밀지만 말고
뚜벅뚜벅 걸어와볼래?
직립한 네 중심을 내 두 손에 주고
껍데기로 휘적휘적 걸어와볼래?

네 꼬리를 내 눈 속에 넣으면
가벼이, 아주 가벼이
빛을 가질까

* 이병률 시집 『당신은 어딘가로 가려 한다』(문학동네 2005).

그릇

알 수 없지
가득 찬 허기란 게 얼마나 묵직한지

한때는 액체들의 이동수단
흐르는 키스들의 보관함이었지
입술을 통과해야 도착하는
키스들

다섯갈래로 흩어지는 적요가 몸을 감싸고
공기와 먼지,
그늘이 쌓이면
빈방을 채우는 무음들

시간은 바깥에서 미끄러진다

깨지지 못한 자의 비애랄까
제대로 죽기 전, 죽음에도 실패한 당혹
이 빠진 그릇이란
끝내 아무것도 적시지 못하는 자의 얼굴,

얼굴 위를 기어가는 금(線)

죽기 일주일 전
당신은 이가 네개 부러졌다고 했지
나는 모르는 척했지만

일주일을 더 살다 당신이 아주,
갔을 때
한동안 아무것도

아무것도 마시고 싶지 않았다

빈 잔

앓고 난 후 뒤늦게 대가리를 밀고 도착하는 감정이 있다
겨우 오는 것들
흰 머리칼 수줍게 자라나 머쓱한 걸음으로 도착하는 것들

공책이 끝나고 다음 공책으로 넘어가는 지점
끝난 공책의 장례를 지내는 것은
수직 이동

지워진 거리에서 차가운 발과 끊어지는 리듬으로
완성되는 과거
'시간이 좁다'는 생각은 수평 이동

정신없이 머리카락을 뜯어 먹다가 잠시
고개를 들었을 때
이 사이에 낀 머리카락들
뜯긴 채로 시위하는 얇은 영혼들

입을 반쯤 벌린 채
가장 고음으로 죽어가는 시위대에 몰린 난처함

그들은 곧 뽑혀나갈 거란 사실에 겁먹은
불온한 애인들

버려도 돌아오는 나의 귀신들은
끝내 살아남은 것들이다

제 4 부

술래는 슬픔을 포기하면 안된다

하늘에서 돼지들이 떨어지는 저녁*

1

어두워지자 눈이 내렸다
나무들이 구덩이를 내려다보았다 대량학살도 유행인가봐
비슷한 것들이 비슷한 것들을
무더기로 지게 하는 것도 유행인가봐

서두르자, 누군가 외치자
큰 눈송이들이
작은 눈송이들을 데리고 달아났다

2

돼지 331만 8천마리
소 15만마리
그밖에 발굽이 있는 가축 일부는
잡아먹을 수 없을 정도로 위험해졌다
안전을 위해 순차적으로 살처분되었다
인간들은 손해와 배상, 울분에 대해 회의했고

어떤 인간은 구덩이에 매달려 울었다
흙바람을 불게 하는 거대한 기계가
소리를 내며 돌아갔다

3

속눈썹이 있네 네게도
빳빳이 선 속눈썹, 깜빡이지도 않네
커다래진 동공 아득한 구덩이를 들여다보네

구덩이는 무엇을 재는 깊이인가요
메우고 나면 있던 것은 없어지나요
사라지나요 위험은
안전해지나요 우리는
새끼인간이 동화책을 펼치고
질문하는 동안

왜 하필 지금,
죽어야 하나요

엄마

떨어지다 말고 새끼돼지가
순한 눈빛으로 물어보는 동안

답하라 분홍색 돼지색 우리들의 색깔에 대해
하늘에서 펄펄 돼지들이 흩날리는데
상한 구름떼가 몰려와 일제히 비틀거리고
금방이라도 오물이 흘러내릴 듯
지구의 방광이 거대해지고

4

늙어버렸다
죄조차 이미, 늙어버렸다

덜덜 떠는 버드나무들
두 손을 마주 잡고 부벼도 될까
속눈썹이 있네 네게도

무릎을 꿇고 고꾸라져볼까
이마를 뒤통수에 붙여볼까

* 유리 작가의 그림책 『돼지 이야기』를 읽고 썼다. 구제역 사태 때, 영문도 모르고 구덩이에서 발버둥치다 죽어간 수백만마리 가축들에게 바친다.

술래는 슬픔을 포기하면 안된다

탈탈 털어 죄다 갖다 버린 그늘에는
무릎에서 떨어진 딱지도 있고
취한 아버지가 내 이름을 오래 부르다 고꾸라져 잠든 밤도 있고
뒤틀린 다리를 끌고 사라지던 여름도 있다

뭉뚝한 연필, 가느다란 연필, 부러진 연필로
새벽의 어깨선을 열심히 그리던 시간들도 모두
모두 갖다 버렸다

버렸더니 살겠다
내가 나를 연기하며
(시도 쓰는 게 아니라 쓰는 연기를 하며)
그늘을 기억하는 일과
들어가 사는 일 사이에서 도르래를 굴리며
살 수는 있겠으나

이미 태어난 슬픔은 악다구니를 피해
여전히 질투 나게 말랑한 누군가의 생활에 뿌리를 내리고

붉고 끈덕지게 새끼를 치고
나는 멀리에서 가벼워진 몸,
이라 생각하며
포기, 포기, 포기하겠다고 눈을 감지만

어느 새벽 방바닥에 앉아 발가락을 만져보니
열개의 잘린 술래들,
벙어리가 되어 입을 벙긋거리는 술래들이 나를 본다

도망가봤자 소용없어,
아름다운 그늘!

베누스 푸디카 3
기억의 탄생

그게 첫 동굴이었지

스물아홉의 젊은 아버지가 술 취해 나를 찾고,
나는 다섯살

신은 내게 이불을 덮어주고 사라졌다
울면서, 남자는 아이를 내놓으라고 소리쳤지만

나는 웅크린 채 아늑했지
그러고는 주문을 걸었다

당신은 결코 나를 가질 수 없을 거예요
미끄러운 건 쉽게 잡히지 않으니까요
나는 담을 수 있는 시간이 아니니까요

손가락을 입에 문 채 뺨은 바닥에 대고
엉덩이를 높이 치켜든 어둠이 이불 속에서
고요히 높아져갔지

우리는 동산처럼 오래되었구나

훗날 기억이 왜 이렇게 모질게 남아 있을까 생각하다
첫 동굴 속에서 내 어둠이
증발 불가능한 액체임을 알게 되었네

나는 고인 채로 찰랑이다,
온 세상으로 흘러다녔다

꽃 필 때 같이 잤다

추락할 줄 알면서 날아가는
연(鳶)의 의지
봄은 난청이다

휘청대는 것은 잠이 아니다
잠을 나눠 가진 연인들의 조약돌

욕실 바닥을 기어가는 하루살이는
더듬더듬 날개를 잊고,
날벌레는 죽을 때 되면 기어가나?

그 작은 등에 내 전부를 얹어볼까
가벼이, 다시
돌아가
날아볼까

거꾸로 보면
바다의 하늘은 바다
하늘의 바다는 하늘

모래와 밤

아내를 잃은 남자들이 모여 내 뒤꿈치를 잡고 우는 밤
몰래 자리한 내 아버지가 가장 크게 우는 밤

누군가는 비석처럼 뾰족이 서서
어두워지는 부엌 창을 바라보며
수음을 하겠지
목련 그림자를 몸에 묻힌 채
머리카락 끝부터 어두워지겠지

스타킹을 벗거나 머리끈을 느슨히 풀 때
혹은 거울에 붙은 머리카락을 떼면서
모래알이 밤으로 떨어지는 소리를 들을 때가 있다

떨어지는 일은 마음과 리듬과 나부낌이 엉켜
밤의 등을 얇아지게 하는 일

머리칼에 새벽을 묻힌 귀신들이
영원을 흘리면서 사라진다

검은 짐승들

화곡동 살 때
기이한 울음소리를 듣고 잠에서 깨어난 적이 있다
이 새벽, 장화 홍련이라도 환생한 것일까
창밖을 보니 검은 소복을 입은 여섯명의 여자들이
집 앞에 서서 울고 있었다
얼굴에 싹이 돋아나는 기분이었다
손으로 입을 막고 까마귀떼처럼 곡하던 여자들은
한참을 울더니, 발 없는 유령인 듯 흘러갔다

죽은 걸까, 누가
죽음은 왜 자꾸 내 앞에 와 엎드리는가

창을 닫는데 손등 위로 검은 깃털이 돋아났다
얼굴과 가슴, 등 뒤와 허벅다리까지
깃털로 뒤덮였다 어깨뼈와 고관절이 가까워지고
팔이 물결처럼 펄럭였다
천장이 높아지고 벽이 멀어지고
나는 일곱번째 까마귀가 되었다

어떻게 알고 온 걸까, 검은 짐승들

동굴 앞을 지날 때

비는 긋고 우산은 휘청대고
장화 속은 눅눅하다
걸어가는데 옆이 휑하다
노인 둘이 졸고 있는
문 열린 복덕방
펄럭이는 시간의 오장육부

냄새가 난다
걸어가는 우산을 세우고
장화 속 발가락을 꺾고
브레이크를 걸까 기울어지는
빗줄기를 세울까

문을 닫는 손이 있다면
눈을 감는 신이 있다면

시간을 다 쓴 노인 둘이
미래를 재현하고 있다

지나가자
비에 젖어
지지직대는 복덕방

흡혈

꽃밭에 앉아 이빨을 기른다

서로가 서로를 몰라보는 난장 속
꽃들은 자기들 얼굴을 어떻게 구별할까?

빨강, 분홍, 자줏빛 눈 코 입
허공에 떠다니는 봄의 얼굴들
깨물어, 마셔야겠다

마시고 난 뒤
핏자국만 남은 꽃밭, 휑할 텐데
자라난 이빨을 뚝뚝 끊고
누워버릴까?

눈 코 입도 막고 항문도 틀어막아
종일 꽃피 흐르도록
진저리치며 휘몰아 돌도록
누울까
누워버릴까?

날아드는 벌들에게 냄새 맡은 독사들에게
몸을 통째로 맡기고

큰 벌 받을까?

붉은 마디〔寸〕

오른쪽으로 돌까 아니 왼쪽으로
갈팡질팡하다 나는 네 무릎에 묻는 색깔
너는 멀리서 오지만 도착하지 않고
사찰 마당 돌멩이들 위에 쌓인다

이미 지워진 입술을 열심히 오므려보는 저녁
허공에 매달린 풍경이 흔들릴 때마다
마음 귀퉁이의 돌기가 오소소 일어선다

젊은 부처의 얼굴을 가로지르며
함부로 붉어지는 자벌레 곁에서
나는 나이 든 여자의 계보에 속하려다
겨우, 관둔다

네가 사라지기 전에

패배자들의 무릎을 닦아주고 싶다
눈가의 주름을 더 깊이 파고
아스팔트 같은 목덜미 위를 지나
마을이 사라진 지도 같은,
빈손 위에 눕고 싶다

그들의 걸음과 복사뼈와 낯빛에 대하여
무릎으로 생각하다
저녁이 되면
옛 광장을 서성이고 싶다

왜 나는 당신 얼굴을
쓰다듬으며 살지 못했을까
얼굴이 사라지기 전에

곱고 천진하게 패배하기는 얼마나 어려운가

뒤척일 수 있을 때
가라앉고 싶다

바람의 혀

십이월에 부는 바람

새벽은 얼굴이 초조해 보인다
모든 것을 보여도 될까 이 세상에

문이 닫힐 수 있도록 속도를 내볼까
봐, 아주 커다란 카펫이 우주에 내려앉고 있어

바람의 혀가 길어지고
가장 단단한 것들이 베인다
어둠에 수백개의 추가 달리고,
저것들을 건드려볼까
서로 멀어 부딪치진 않지만, 흔들리며
자지러지며,
우리의 젖꼭지가 우리의 소매가 우리의 얼룩이
가오리처럼 늘어질 수 있도록
매달려볼까

쓸쓸함에 허리가 꺾인 사람들의 얼굴을
만져볼까 나무들의 살을 한움큼씩 빠지게 하고
허공에서 뾰족이 깊어지도록

훑어볼까

다 쓴 시간 앞에서 모가지가 길어지는 사람들

돌아가려는 사람과 떠나려는 사람이
한곳에서,
멀어지게 해볼까

전동차 안에서

노인은 바지 앞섶을 움켜쥐고
앞뒤로 몸을 흔들며 앉아 있었다
기도하듯이

참을 수 있는 것과 참을 수 없는 것의 항목들이
엉클어지며
죽은 날들이 가고 있었다

늙는다는 것은
몸과 마음과 시간이 한데 모여
경화를 위해 엎드리는 일

휘몰아치는 바람의 요의(尿意)
온 세상 바람이 노인에게 몰려오고 있는 걸까?

당신이 앉은 곳에서 내 엉덩이까지
비스듬히, 계절이 흘러들지도 모른다고
참았던 노랑이 한꺼번에 쏟아질지도
모르겠다고 빗금으로

생각을 그으며 지나가는 오후

아무래도

가을을 떠난 노랑은
아무래도

잠과 꿈

여보, 당신이 실패라는 기다란 얼굴을 하고 졸고 있을 때, 얼굴에 긴 그늘을 끌고 올 때, 그늘이 당신 옷소매와 소파 구석구석을 적실 때,

나는 당신 입술, 안으로 기어들어가는, 기어들어가 씹히는, 맛을 내는, 핏속을 누비는, 누비다 스미는, 촌충처럼 불어나는, 기괴한, 폭죽으로 터지는, 터져서 꺼지는, 무심히 흐르는, 우리 생활을

봅니다 당신 안에서 당신의 기울기를 느끼며

아름다운 건 실패에 실패할 기회를 꿈꾸며 조는 탓이라고,

여보, 잠잘 때 잠들 수 있다면
꿈을 팔아 잠 한필 살 수 있다면
속아도 꿈결
속여도 꿈결*

봄의 배 속에 똬리 튼 꿈결이라니

길고 가늘게 흔들리는
잠과 꿈

* 이상의 소설 「봉별기」 중에서.

키스의 독자

그게 뭐지?
물살이 물살과 뾰족하게 부딪치는 거
서로의 입속을 헤매다 아귀처럼
쩝쩝대는 거
허공을 물어뜯어 아작내는 거
찾지만 끝내
찾고 싶지 않은 거
젖지만 끝내
젖지 않고 마르는 거

눈 코 귀가 순해지고
입속 벙어리들만 사납게
들썩이는 거
손가락이 열다섯갈래로 벌어지다
흔들리는 거

얼굴과 얼굴이 기찻길이 되어
달아나는 거
뛸 수 있는 근육들이 미래를 유예하다

잦아드는 거

투명한 물레바퀴에 혀가 물려
터엉, 끼익 터엉, 끼익 축축하게

굴러가는 거

발등에 내리는 눈

당신이 꽃을 주시는데
테이블에 던져놓고 잊어버린 밤

사라진 것은 밤이 아니라 빛의 다른 이름이다

일회용 컵 뚜껑을 깨물다
입술을 베인다
가벼운 것에 베이면 상처가 숨는다
틈으로 들어오는 것이 빛인지 어둠인지
허공을 더듬는 거미의 열기인지
허방,이라는 계단인지

눈밭에서 참았던 오줌을 누며 생각한다
지금,
어딘가에서 젖니들은
여전히 지붕 위를 날고 있을 것이다
발등에 내리는 눈처럼 흩날릴 것이다

정정당당하게 사라진 얼굴들

눈밭에 풀어놓으니
녹는다

까놓은 엉덩이로 별이 떨어지면
별의 자식을 수태할 것 같다

이제 어떤 키스가
내 입술을 벨 수 있을까?

증발 후에 남은 것

봄의 식물들은 기다리는 게 일이다
자기 순서를

날아가는 새의 힘 뺀 발등
그 작게 뻗은 만세,
아래로
날들이 미끄러진다

소복이 쌓이는 새봄

| 해설 |

부끄러움과 허기, 유동하는 정념

기억을 해독하는 자의 목소리에 관하여

조재룡

부끄러움의 감수성

박연준의 세번째 시집 『베누스 푸디카』는 어떻게 시를 쓰게 되었는지, 그 과정과 동기를 고백하는 시편으로 첫 장을 연다. 어린 시절 성장이 멈추었다는 비유로부터 기묘하게 피어오르기 시작하는 '부끄러움'은 시집을 한장 한장 넘길수록 독특한 감수성의 자리를 찾아나서는 동력이 되어 절묘하게 승화된다. 실패하는 사랑, 정지된 삶, 현실에 대해 지고 있는 부채와 개인적 각성, 억압된 감각들의 저 불꽃같은 트임이, 범속한 말들의 표면 위로 뚫고 나와 특이한 순간들로 빚어낸 언어를, 그러니까 고유한 감각의 표식을 만들어내는 저 얼룩 같은 문장들을 우리는 목격하게 될 것이다. 박연준의 시가 비극의 원형을 들여다보고, 상실의 순간을 마주하고, 결여의 장소를 불러내어, 때론 과감하게, 때론 조심스레, 에로티시즘의 저 높이 상승하는 목소리를 울려내는 것은 사실 '정숙함'이라는 이데올로기, 그 강요의 독선과 편견, 그 통념에 과감히 구멍을 내고자 하는 사유가 있었기에 가능한 것이라는 점을 먼저 말해두기로 한다.

연필을 물고 담배 피우는 흉내를 내다
등허리를 쩍, 소리 나게 맞았고
목구멍에 연필이 박혀 죽을 뻔했지 여러번
살아남은 연필 끝에서 죽은 지렁이들이 튀어나와
연기처럼 흐르다 박혔고
그렇게 글자를 배웠지

꿈, 사랑, 희망은 내가 외운 표음문자
습기, 죄의식, 겨우 되찾은 목소리, 가느다란 시는
내가 체득한 시간의 성격

(…)

어느 여름 옥상에서 어떤 감정을 알게 됐는데
떠난 사람의 길고, 축축한, 잠옷이
펄럭이는 걸 보았지

사랑이 길어져 극단까지 밀고 가다
견디지 못하면
지구 밖으로 밀려나는구나
피가 솟구치다 한꺼번에
증발하는구나

(…)

일곱살 옥상에서 본 펄럭이는 잠옷만큼은
무엇도 더 슬프진 않았고

—「베누스 푸디카」 부분

"표음문자"는 정해진 의미의 자리가 마련되어 있지 않은 껍데기 문자다. 그러니까 "꿈, 사랑, 희망"과 같은 것이 실상 텅 빈 기호였다는 것이다. 이 고백에는 상실을 말하는 부끄러움의 섬세함이 자리한다. 그 부끄러움은 그러나 수동적인 수줍음이 아니라, "어느 여름 옥상에서 어떤 감정"을 알게 된 이후, 그러니까 조금 더 인용하자면, "떠난 사람의 길고, 축축한, 잠옷이/펄럭이는 걸 보았지"와 같은 고백에서 묻어나는 시적 감정이자, 삶을 살아오면서 그 무엇도 "일곱살 옥상에서 본 펄럭이는 잠옷만큼은" 슬프지 않게 된 어떤 상태의, 저 정지된 시선을 백지 위에 붙잡아, '지금-여기'와 하나로 포갤 때 솟아나는 감성의 힘이며 그

힘의 원천이기도 하다. 견딜 수 없을 만큼 고통이 컸다거나, 벗어나려 해도 차마 그럴 수 없다고 고백하는 것은 아니다. 중요한 것은 '부끄러움'이라는 독창적이고 은밀한 시적 목소리가 탄생한다는 사실 자체에 놓여 있는 것일지도 모른다. 시의 제목으로 차용해온 '베누스 푸디카', 그러니까 우아한 팔 동작으로 한 손으로는 젖가슴을 한 손으로는 성기를 가리고 있는 그림 '정숙한 비너스'에는 역사적으로 비난을 받아왔던 여성의 나신(裸身)에 가했던 원죄의 아우라가 서려 있다는 사실을 환기해야겠다.* 박연준은 이와 같은 이데올로기를 '정숙한 자세'라고 부른다. 정숙한 자세에는 감수성의 발현이나 자유로운 감각, 삶을 고르게 표현하는 힘이 제거되어 있다. 강요된 것이나 통념이 덧씌운 편견, 혹은 그러한 태도가 바로 정숙한 자세이기 때문이다. 젖가슴과 성기가 가려진 것은 따라서 부끄러움의 단순한 표현이 아니라 이 두 신체 기관이 사회적·역사적으로 지워지거나 잘렸다는 사실에 대한 강력한 비유이며, 이 지점에서 시집 전반은 상실과 훼손, 억압과 결여를 한번

* "「매디치의 비너스」(피렌체 미술관)나 시돈의 「아프로디테」"와 같은 '정숙한 비너스'에는 "벌거벗은 남자는 양식에 어긋나지 않지만, 벌거벗은 여자들은 사람들의 빈축"(장 끌로드 블로뉴, 『수치심의 역사』, 전혜정 옮김, 에디터, 2008, 459면)을 사왔다. 이 그림은 역설적으로 부끄러움을 모르는 주체, 남성적 힘의 상징이나 폭력의 기원을 폭로한다.

더 사유의 반열로 올려놓는 목소리를 울려낸다. 따라서 부끄러움은 외려, 폭력적인 것들에 대항한다. 부끄러움은 몸을 통과하는 모든 것, 몸의 경험, 몸의 감각에 의지하여, 수직적으로 구조화된 폭력과 고정된 사회적 양식의 중심을 이탈시키고 시에서 저항하는 발화를 창출해내는 시적 목소리이기 때문이다. 비밀스러운 것들, 은밀한 것들, 감각들, 잘려나간 것들, 은폐된 것들, 상실된 것들, 그러나 몸이었던 무엇, 몸이 해왔던 것, 몸이 뿜어내던 것, 몸이 결여한 것들, "주둥이 끝을 덜덜 떠는 백조들이 숨기는 것"이나 "수줍고 냄새나고 미끄러운" 저 "몸을 밀치고 태어나는 다리들"(「베누스 푸디카 2」)은 공히 '부끄러움'이라는 감수성이 저 견고한 사회적 편견과 이성의 장막을 뚫고 시 안으로 걸어들어오게 한 것들이다.

당신은 결코 나를 가질 수 없을 거예요
미끄러운 건 쉽게 잡히지 않으니까요
나는 담을 수 있는 시간이 아니니까요
(…)

훗날 기억이 왜 이렇게 모질게 남아 있을까 생각하다
첫 동굴 속에서 내 어둠이
증발 불가능한 액체임을 알게 되었네

나는 고인 채로 찰랑이다,
온 세상으로 흘러다녔다

—「베누스 푸디카 3」 부분

꿈에 지네가 되었다
펼쳐진 밤의 문장을 읽다
한꺼번에 증발한 다리

—「침대 2」 부분

춤추라!
소리를 빼앗긴 노래들아

가장 부드러운 것들이 모여
쏟아지지 않는 발기를 이루고

(이 모든 것 사이를 흘러다니고 싶어요)

—「무용수」 부분

부끄러움은 시적 역동성과 조용히 접속한다. 모든 감각이 살아나 무언가를 들을 채비를 꾸리고 어디론가 흘러들어갈 권리를 획득하는 것은 단호한 문장의 반대편에서 주조해낸 부끄러움의 감각적 발화 덕분이다. 그의 시에서 인식의 주체는 이성이나 관념이 아니라, 기관과 감각이다.

귀가, 머리가 하지 못했던 일을 한다. 눈이, 볼 수 없다고 믿었던 것을 본다. 손이, 잡을 수 없거나 만질 수 없다고 여겨졌던 것을 커다란 획을 그으며 거머쥔다. 입이, 아니 입술이, 다시 칠해지거나 독특한 색깔로 각인되어 조금 더 영롱해진다. 다리가, 두 발이, 사라지거나 늘어나거나 허공에 떠다니며, 직진하는 도보를 돌아다니는 난보의 상태로 표현해낸다. 박연준의 시는 이렇게 오로지 몸을 경유해서 당도할 모종의 상태, 가령 아물지 않은 채 존재하는 것, 잔존하는 끔찍한 것들이나 현존하지만 돌보지 않은 슬픔, 자주 울컥하거나, 간혹 울컥하게 만드는 순간과 순간의 정념들, 다소 식어버리거나 잠시 고조되거나 조금 삐어나가거나 이내 흩어져버리는, 그러니까 움직이는 감정과 그 감정이 길을 낸 몸과 몸이 길을 내며 남겨놓은 정신-몸의 흔적들을 기록해낸다. 부끄러움은 시에서 타자를 끄집어내는 동력이 되면서 사랑의 기원을 폐기하고, 실패의 산물로 인식되기도 하며, 단단하고 단호한 것의 기반을 서서히 물에 빠뜨리거나 젖게 만들고, 끊임없이 악(惡)과 폭력에 대해 성호를 긋는 시적 고백이라고 하겠다. 부끄러움은 함부로 드러내지 않는 것, 눈물을 흘리며 슬픔을 과도하게 표현하거나 탄식을 내뱉으며 갑자기 얼굴을 붉히거나 하지 않는, 감추고 절제하게 되는 시적 문법이다. 부끄러움은 원초적이고 무의식적인 상태를, 개인적인 행동의 범주에서 작동하는 규범과 사회적인 생활을 구속하는 것 사이의 갈등으로 전환해낸다. 이 양자 사이에 묘한 긴장관계가 형성되는 것은 박연준의 시에서 부끄러움이다. 그 부끄러움은 그러니까 허용과 금기를 조절하고, 시에서 은밀한 장소를 개척하거나 내면의 목소리를 울려내는 공간을 만들어낸다. 박연준의 시에서 침대나 숨은 곳, 버드나무 등, 무언가 가리고 있거나 보이지 않음을 상정하는 곳은 어디에나 있으면서 아무 곳에도 없는 시적 영역에 가깝다. 여기서 시인은 숨거나 모습을 드러낸다. 물론 드러내거나 숨는 것은 강력한 시적 고유성을 불러내는 원인이 되며, 이를 통해 감각이 발현되고, 이지적인 구성이 살아나며, 시간의 주관성에 공간을 덧입혀, 매번 세밀한 목소리를 토해내는 데 다다른다.

유동성, 어디로든

부끄러움은 유동(流動)의 감각을 한껏 펼쳐내는 동력이기도 하다. “심장이 몸 밖으로 나와 저 혼자 툭,/떨어질 때”를 침대에 누워 가만히 기다리는 일, 그렇게 “붉은 궤적을 따라 신경이 쏟아지”는 순간의 소리를 들으려 하고, 이윽고 “밤의 긴 혓바닥 위에 ‘우리’라는 깃발을 세우고/행복해서 육손이가 되”는 숨 가쁜 순간을 맞이하는 일, “뿌리가 액체로 흐르다 겨울 끝자락에서 겨우/굳을 수 있었”

(「침대」)던 저 추이를 성애(性愛)의 감각으로 섬세하게 살피는 일이 이렇게 가능해진다. 유동하는 감각은 "뜨거운 주물(鑄物)로 탄생하는 꿈"을 꾸며 사방으로 흘러다니거나, 차라리 "전부를 맡기고 흘러가볼까"(「당신이 물고기로 잠든 밤」)라고 고백하며, 어디로든 갈 수 있는 "노래하는 뱀들이 구불구불 전진하는 새벽"(「뱀의 노래」)을 맞이하게 해준다. 유동하는 뱀, 그 말이 가닿지 못할 곳은 없다. 시인은 스며드는 존재와 다르지 않다. 기억을 통해 되살아나는 잊힌 것들, 삶의 리듬이 미지의 감각에 의존하여 은밀하게 성취해낸 문장들, 유령처럼 조용히 등장했다가 다시 떠나고 또 되돌아오는, 그래서 형체가 없는 저 어두운 것, 아픈 것, 깊이 파인 것과 그러한 곳에 고여 있는 정념을 불러내는 존재가 바로 시인이기 때문이다.

입속에 옮은 화상을 입은 듯
말이 부끄러운 아이
침묵의 갈비뼈에 금이 갈 때만
이따금 흔들리는 아이

있어야 할 빛과 모르고 태어나는
빛은
어떻게 섞일까

—「그애가 저녁에 하는 행동」 부분

느리게 오는 기억은 오는 동안
귀퉁이를 잃지요
담요 아래서나 살지요

차가워진 털 아래를 만져봅니다
지붕 아래 숨어 사는 고드름들이
한꺼번에 물이 되어 쏟아질 듯
흔들립니다

—「생각담요 아래 살다」 부분

미래를 펼쳐보다
안쪽이 환해지면

공기를 흘리면서 떠오르는 사람
풍선처럼 뚱뚱해지다
터진 채 날아가는

커튼이 펼쳐놓은 정적 속,
부풀어오르다 몰래
시드는 생각들

—「커튼」 부분

"말이 부끄러운 아이"의 언어는 그러나 무르지 않다. 이 언어는 "있어야 할 빛"과 "모르고 태어나는/빛"의 섞임을 기록하며, "지붕 아래 숨어 사는 고드름들"이 "한꺼번에 물이 되어 쏟아질" 순간을 기다려야 가능해진다. 고백체가 어우러져 간혹 슬픔의 빛을 뿜어내고, 돌출하듯 생생한 정념을 토해내는 박연준 시의 뛰어남은 시간이나 공간, 존재 등을 액체라는 유동성의 산물로 전환해내는 능력에서 자주 빛어지는데, 가령 「생각담요 아래 살다」처럼 결구에 이르러 '흔들림'으로 조용히 치환하며 기억의 불완전성을 담요처럼 따뜻하게 덮고 사유의 결을 은밀하고도 섬세하게 벼려낼 줄 아는 감수성에도 그 출중함이 있다고 해야 할 것이다. "미래를 펼쳐보다/안쪽이 환해지면"(「커튼」) 비로소 제 모습을 드러내는 미지의 존재, 곧 사랑의 대상은 기대감으로 그 대상을 키워내는 기화(氣化)의 상상력이야말로 부끄러움의 가장 믿을 만한 문법이라는 사실을 잘 보여준다. 부끄러움의 시적 발화는 경어의 사용이나 은밀하고도 섬세한 고백의 어투, 경제적이고 효율적인 통사의 구성, 감각적인 어휘의 운용 등에서 묻어나는 것이기도 하지만, 주로 밤이나 보이지 않는 곳, 저 심연이나 죽음의 공간, 무덤과도 같은 무의식 등 시인이 어디로든 갈 수 있고 스며들 수 있는 유동성의 페르소나를 창출하면서 한층 배가된다. 박연준의 시는 자발적으로 통념에서 미끄러지고, 유쾌하게 상투적 감각에서 미끄러지며, 비판적으로 고정되었을 것이라 여겨온 시간과 공간에서도 미끄러진다. 미끄러지면서 형체를 지니는 건 액체가 아닐 수 없다. 뱀이나 유령도 마찬가지다. 이 유동하는 것들은 모종의 틈새로 흘러들고, 대상과 존재 사이를 오가며, 시간과 공간에 주관의 무늬를 입히고 감정의 흔적을 남긴다. "페이스트리 같은 고통을 한겹 한겹 뜯어 먹는" 것 같은 배우의 연기나 그의 표정을 보는 순간 시인이 포착한 비밀스러운 눈동자의 "주름"(「발쇠」)이나 무용수가 무대에서 절정을 이루는 순간, 아니 그 순간의 아슬아슬하고 위태로운 상태("목숨을 담보로 춤추는, 포식자 앞의 새", 「무용수」)를 노래하는 작품들을 관통하는 감각은 "증발 불가능한 액체"(「베누스 푸디카 3」)의 감각, 그러니까 "빠져나가는/분사되는/흡수되는"(「베누스 푸디카 2」) 주체, 즉, 유동성이다. "시계추에 매달려 도망가는 리듬"으로 공중을 유영하는 고양이와 "가볍게 흘러내리는, 레이스" 사이로 찾아드는 "행운"(「고양이」)처럼, 움직이는 것, 빠져나가는 것, 흘러드는 것의 삶과 감정의 유동성은 어떤 시간을 만들어내는가? 박연준은 주관적인 '때'를 그러모아 독특한 주제 하나를 거뜬히 길어 올린다.

무릎이 하염없이 허공을 앓지를 때
입속 강이 말라 메아리가 생길 때
괄호 속에 갇힌 말들이 희미해지다
사라질 때 불리지 못한 이름이

수면 아래로 떨어져
소용돌이가 될 때
물결이 물결과 부딪쳐 구름의 얼굴이 찌그러질 때

밤이 반복되다 어그러지며
쌓일 때
허공을 점령한 높이가 한들한들
무너지려 할 때
찾는 사람은 유리컵이 되고 기다리는 사람은 조약돌이 되어
깨지거나
깨지지 못할 때

삼각형은 동그랗다 이름이 웃는 것처럼
장미는 애꾸고 버드나무는 울지 않는다
손목은 기도하다 꺾이고 욕망은 가난하다

강물은 날아가고
꽃들은 사악하고
죽음은 머무르는데

어떤 소란은 빛나지 않는다

—「기다리는 자세」 전문

절대적이고 중립적인 공간에 사는 사람은 없다. 그럴 수 없기 때문이다. 시는 어떤 곳이 아닌 다른 곳을 만들어내며, 다른 곳이 아닌 특수한 곳에 정박한다. 시적 장소와 시간은 항상 다른 장소이자 시간이며, 몸의 섹슈얼리티와 사랑이 녹여낸, "괄호 속에 갇힌 말들이 희미해"질 때까지 기다려 얻어낸, 그렇게 시인이 특별한 의미를 부여한, 오로지 그렇다는 전제 하에 나타나는 유일하고도 특수한 장소이자 공간이다. 박연준의 시에서 시간과 장소는 차라리 사물에 주로 말귀를 비끄러매며 제 모습을 드러내고, 청각에 의존하여 평소라면 들을 수 없었던 말을 듣거나, 자주 내지 않았던 목소리를 돋우며, 이러한 추이를 감각적으로 영위하는 미완의 시간이다. 미완의 시간에서 시인은 "시작도, 선언도, 기억도 없이/깊어진 것들"과 "이름 귀퉁이가 부서진 것들"을 기록하는 일에 전념한다. '것'과 '때'로 마무리되는 관형어구의 고유성은 "완성이란 더이상 걸을 수 없다는 선고"(「침대 3」)에 이르러 아직 오지 않은 새벽의 시간성에 조응하는 내밀한 고백의 목소리를 획득한다. 사랑의 기억, 몸의 기억, 사유의 고유한 이지러짐이 자리하는 것은 바로 여기다. 눈, 귀 등 감각기관이 울려내는 목소리는 이때 내면 깊숙한 곳에 내려앉아 숨 쉬고 있는, 가장 믿을만하면서도 의식에서 미처 다 알고 있다고 말하기 어려운 경험을 외부로 발화하는 근본적인 동력이다. 부재하는 대상의 전이는 자주 이 세계에 내디딜 발을 상실하고 살아가야 하는 상태를 말하지만, 그 방법은 절묘하게도 언술의 차원에서 복합적으로 구성되어 부끄러움의 미적 상징이 되고, 이 상징은 마음속 무늬의 간헐적인 발현과 그 다발이 함께 움직여 뿜어내는 이미지들의 응축으로 표현되어, 독서의 자장을 넓히는 데 소용된다.

허기, 실패하는 실연

실패의 사랑, 사랑의 실패가 반드시 패배하는 사랑, 그 삶을 말하는 것은 아니다. 그것은 “떨어지기 위해 물방울이 시작하는 일”(「녹」)과 닮아 있기 때문이다. 사랑하는 사람이 곁을 떠나가고, 그렇게 모든 것이 끝난다. 사랑이라는 이름으로 함께 피웠으나 이제는 꺼져버린 저 불꽃을 되살려내려는, 그러나 그것이 불가능하다는 사실을 잘 알고 있는 일, 그럼에도 할 수밖에 없다고 여전히 믿는 일을 이루어내려고 어쩌면 우리는 온갖 노력을 기울이는 것인지도 모른다. 사랑과 이별, 삶에 대한 우리의 생각은 이렇게 항상 제자리를 맴돈다. 이러한 사유에 역전이 가능할까? 바꿀 수 있는데도 바꾸지 못하는 것일까? 바꿀 수 없는 것을 바꾸려 하는 에너지가 여전히 남아 있는가? 가능성도, 에너지도, 사랑도, 사랑이나 이별에 대한 저 첫머리의 생각과 감정들도 더는 남아 있지 않다는 사실을 깨닫는 것은 사랑의 종말이나 파국, 그 사라짐을 삶의 이치로 받아들인다는 것이며, 이러한 토대 하에 자기 삶을 다시 고안할 활력을 이 자명한 이치에서 되찾아내는 상태, 그와 같은 감정에 값하는 말을 세밀하게 기록한다는 것을 의미한다. 이 지혜는 아름답다고 말할 수는 없지만, 드물고 귀하다. 이를 발화하는 언어는 명쾌하다고 하기는 어렵지만, 참신하고 감각적이며, 고유성을 지니고 있다. 시인은 여기서 '실패하는 실연'을 말한다. 모든 것이 뒤바뀌고, 관점도 역전된다. 이전의 시집과 조금 달라진 것은 어쩌면 이러한 지점일지도 모른다. "보자기가 되어/담을 수 없는 것을 담으려고 안간힘을 쓰는 일", 다시 저 "이파리로 가득한 숲속"을 생각하며 "나무"의 "얼굴이 어디일까 생각"하는 일, "바람의 힘"에 기대서라도 "사랑에서 떨어질 수 있다면"(「녹」) 하고 한번 정도 가정해보는 일. 그와 같은 노력이 없었다면, 사랑이라는 한껏 긴장된 에너지 속으로 빨려 들어갔을 때, 실패하거나 상실하고 만 사랑의 기억에서 무작정 달아나려고 하면서 세상의 이치에 요령껏 기대고자 했을 것이다. 그러나 시인은 그렇게 하지 않는다.

실연에 실패한 자가 걸어가고 있다
북을 치던 손은 가고 흔들림만 남았다

승리한 거울들이 돌아눕는다
일렬종대
별들의 함성
함몰된 얼굴에서 일어나는 빛의 산란

행복해서 미칠 것 같다
자지러지는 거울들
복에 겨워 죽을 것 같다
자지러지는 거울들

지금은 계절이 번복되는 시절
수천송이 연(蓮)들이
봉오리째 수장(水葬)되는 밤
떠오르지 못하도록 부력을 삼키는 입술들
열두개의 머리가 가라앉는 하나의 몸통을 견디고
물의 허를 찌르며 깨진 것들이 태어난다

아홉번 죽은 별들만 아름답다는데 대관절
아름답게 죽은 별이란 게 무슨 소용일까?
살아나면 어쩌지
이 많은 생의 궁극들,
피어나면 어쩌지

밤의 이적수(耳赤手)로 죽음에 성공한 귀신들,

실연에 실패한 자가 언덕을 오르고 있다

—「아홉번 죽은 별들만 아름답다」 전문

"실연에 실패한 자"는 항상 사랑을 먹고 산다. 사랑의 에너지를 잃으면 모든 것은 소멸되고 말 것이다. 어쩌면 우리는 "아름답게 죽은 별"이라는 환상과 사랑의 낭만적인 실패에 감상의 배를 띄우고 승리의 거울을 비추면서 위선을 떨고 있는 것일지도 모른다. 사랑 없이 살 수 없는 존재이면서도 항상 사랑의 실패에서, 사랑의 좌절에서, 아름다움과 낭만의 자락을 붙잡으려는 감상주의자들이 도처에 너무 많다고 말하는 것은 아닐까? 박연준의 시에서 사랑은 편재(偏在)한다. 은밀하고도 섬세한 언어를 통해 뿜어나오는 저 명랑하고도 발랄한 에로티시즘의 미학은 맹목적인 것이 아니라, 오히려 이데올로기적인 것, 그러니까 위선과 권위, 가식에 대한 비판도 겸한다고 보아야 한다. "잃고 난 후 뒤늦게 대가리를 밀고 도착하는 감정"은 그러니까 '실패하는 사랑'이 아니라 '실패하는 실연'을 말하는데 바쳐진다. "버려도 돌아오는 나의 귀신들은/끝내 살아남은 것들"(「빈 잔」)은 사랑과의 관계에서는 차라리 역설이라고 해도 좋겠다. "물의 허를 찌르며 깨진 것들이 태어"나는 순간마다 삶에 에너지는 충만해지고, "이 많은 생의 궁극들"이 피어날 수 있기 때문이다. 그러나 현실은 자주 이

에로티시즘의 에너지를 억압하거나 비워두라고 재촉한다.

알 수 없지
가득 찬 허기란 게 얼마나 묵직한지

한때는 액체들의 이동수단
흐르는 키스들의 보관함이었지
입술을 통과해야 도착하는
키스들

다섯갈래로 흩어지는 적요가 몸을 감싸고
공기와 먼지,
그늘이 쌓이면
빈방을 채우는 무음들

시간은 바깥에서 미끄러진다

깨지지 못한 자의 비애랄까
제대로 죽기 전, 죽음에도 실패한 당혹
이 빠진 그릇이란
끝내 아무것도 적시지 못하는 자의 얼굴,
얼굴 위를 기어가는 금(線)

—「그릇」 부분

허기가 이기는 게임을 할래?

부엌, 할 때 '엌' 하면 갈고리가 생각나
수많은 갈퀴들이 냄새를 긁어모으는 풍경

이름표를 떼고,
실체가 된 유령들이
식탁 아래 쌓이는 놀이를 할래?

말과 혀와 색을 숨기고,
위보다 아래를 풍성하게 해볼래?

—「비 오는 식탁」 부분

에로티시즘의 순간은 사방을 정지시킨다. 외부의 시간은 삐걱거리거나 어디론가 휘발되어 버린다. 오로지 '지금-여기'에 충만해진 상태, 그 찰나가 있을 뿐이다. 그러나 이 감각의 순간은 지연되거나 연장되지 않는 상태에서, 모든 것을 순간으로 붙들어매는 이중성을 지니며, 반드시 끝을 맞이할 수밖에 없는, 그러니까 "이름표를 떼고,/실체가 된 유령들"의 얼굴, 죽음의 형상을 지닌다. "눈 코 귀가 순해지고/입속 벙어리들만 사납게/들썩이는" 순간에 차올라온 저 정념의 분출은, "얼굴과 얼굴이 기찻길이 되어/달아나"기 바쁘고, "뛸 수 있는 근육들이 미래를 유예하다/잦아드는"(「키스의 독자」) 순간으로 이어질 뿐, 노동의 시간, 일상의 시간 앞에서 너무나도 무기력하여 "제대로 죽기 전, 죽음에도 실패한 당혹"을 불러일으킬 뿐이다. 따라서 박연준 시에서 "허기"는 역설의 형태를 지닌다. 대저 무엇에 대한 허기인가? 왜 허기를 느끼는가? 허기는 "앓고 난 후 뒤늦게 대가리를 밀고 도착하는 감정"의 반영이며, 고작해야 "겨우 오는 것들"(「빈 잔」)을 허용할 뿐, 채워지지 않는다. "잠정적으로/잠정적으로//살아 날뛰는//이별들"(「이별에 관한 일곱개의 리듬」)로 아주 낮게, 그러니까 "흰 머리칼 수줍게 자라나 머쓱한 걸음으로 도착하는 것들"로 채워지기를 바랄 뿐인 허기는, 에로티시즘의 에너지이자, '실연의 실패'로 가득한 현실의 빈 잔, 현실의 구멍, 현실의 죽음이기도 할 것이다. "입을 반쯤 벌린 채/가장 고음으로 죽어가는" 존재들의 소리를 듣는 것은 바로 허기라는 저 결여의, 결핍의 감각을 통해서일 것이다. 이 허기는 오로지 "정신없이 머리카락을 뜯어 먹"거나 "지워진 거리에서 차가운 발과 끊어지는 리듬으로"만 "완성되는 과거"(「빈 잔」)를 실현이 가능한 현실의 공간에서, 그러나 꿈처럼, 몽상처럼, 일시적인 사건처럼 펼쳐놓을 에너지인 것이다.

그러니 무엇이었을까? 감각의 결을 저버린 채, 자유로움을 구속하는 정의(定意)와 정의(正義)들에 맞서, 그 무엇으로도 규정되지 않는 감수성으로 재현되는 기억들은 박연준의 시에서 닻도 없이 삶의 흐름 속에 내던져져 낯선 곳의 문을 열어 보이고, 자유로이 미끄러지면서 여기저기 스며들고 또 빠져나간다. 유동하는 것들, 흐르는 것들이 삶의 이면을 드러내며, 이 움직임을 감각과 결부시켜 창발해낸 언어로 풀어놓고 신선한 이미지로 조합해내는 대상은 박연준에게는 우선 몸이 기억하고 있는 미지이자, 흑백의 시간에서 '지금-여기'로 포개지며 주관적인 시선을 갖게 되는 감각들과 그것의 체험들이다. 그래서 그의 시는 유령과도 같은 존재들이나 그 형상들, 빠져나가고 고이고 스며들고, 사라졌다고 생각하면 되돌아오고 마는 것들의 입을 빌린다. 유동하는 모든 것들은 따라서 두려움이나 분노의 대상이라기보다, 새로운 눈을 갖게 해주고, 사랑의 본질을 캐묻거나 거기에 주관성의 실루엣을 입혀주는 것들, 깊이를 헤아릴 수 없는 흐름의 공간을 창안하고, 삶과 죽음의 경험들을 다지는 주체다. 그의 시가 자주 다리를 잃는다거나 바닥으로 떨어진다거나 하는 경험들로, 간혹 나란히 붙여놓을 수 없을 상이한 이미지를 잘린 채, 그대로 이접하는 것은 정신분석학에서 말하는 그 무슨 상실이나 애도의 발현이 아니라, 삶을 다르게 보는 일이 바로 기억에 특수한 언어의 옷을 입히는 일과 다르지 않다는 사실에 기인한다.

> 오늘은 기다란 얼굴을 옆으로 기울이며
> 지금을 잊는 게 아닐까
> 어제의 걸음엔 부러진 발목과
> 진실이 빠져 있는 게 아닐까
>
> 한마디쯤 멀리 선 귀신을 뒤로하고
> 개찰구를 통과하는 눈먼 귀신들
>
> 오늘 아침엔 아무도 서로를 못 본 채
> 모두가 귀신이 되어 사라졌다
>
> —「아침을 닮은 아침」 부분

> 떨어지는 일은 마음과 리듬과 나부낌이 엉켜
> 밤의 등을 얇아지게 하는 일
>
> 머리칼에 새벽을 묻힌 귀신들이
> 영원을 흘리면서 사라진다
>
> —「모래와 밤」 부분

"찢을 수도/닦을 수도/건질 수도 없는/울음 안개"에 갇혀 "우리 집 천장을 뚫고/바닥에 고인" "어떤 벼랑"과 같은 "악을"(「울음 안개」) 붙잡고 싸우는 시, "종이 위 다섯개의 무덤을 짓고/기억을 해독하고 싶을 때마다 하나씩 부숴 먹"고야 마는 시, "가난한 사람들의 뒤꿈치가 모여 자"고 "목이 쉰 남자들이 목적을 잃어버리는" 저 "흰 장송곡들의 종착역"에서 "무덤 위에 내리는 눈"을 바라보며, "무덤의 무덤"(「이별에 관한 일곱개의 리듬」)을 기록하는 시가 이렇게 우리에게 당도한다. "모래알이 밤으로 떨어지는 소리"(「모래와 밤」)를 들으며, "시간을 다 쓴 노인 둘"이 "미래를 재현하고 있"는 죽음의 그림자의 긴 자락을 헤아린다. "문을 닫는 손"과 "눈을 감는 신"을 동시에 떠올리게 되는 "시간의 오장육부"(「동굴 앞을 지날 때」)를 헤집고 그는 "다 쓴 시간 앞에서 모가지가 길어지는 사람들"의 욕망을 "쓸쓸함에 허리가 꺾인 사람들의 얼굴"을 매만지는 바람과 대비시키며, 기어이 바람의 혀가 되어 "모든 것을 보여도 될까"(「바람의 혀」) 망설이는 저 '새벽의 얼굴'을 쓰다듬는다. 박연준의 시는 이렇게 외향적인 시선보다는 내면에서 차올라온 목소리가 한결 도드라지고, 하나의 중심으로 가지런히 수렴되는 이미지보다는 외부에서 걸어와 내면에서 폭발하면서 일시에 굳건한 자아와 통념을 붕괴시키며, 그 폐허의 자리에서 자신의 체험과 감각을 독특한 시적 경험으로, 의미를 특수하게 조절하는 말의 찬란한 행렬과 낱말의 변주로 풀어낸다.

이 기억은 공동체적인가? 아니다. 이 기억은 개인적인가? 그렇다고 말할 수만은 없어 보인다. 그것은 차라리 "문턱에 널어놓은/살아보지 못한 날들"을 열어 보이며, "조그만 것들의 과거"를 "실감"(「가벼운 장례식」)의 영역으로 끌고 오는 일을 감행할 때, 아직도 "가닿지 못한 이름들이/기름처럼 떠 있는 방"에서 흐르지 않고 정지된 시간의 빗장을 풀어내려는 해독자에 의해 당도한 기억일 것이다. "풍경으로 박히는", 오로지 그럴 뿐인 저 "부러진 시간들이 초로 꽂힌 방"(「가라앉은 방」)을 더듬거리며, 시계추에 무거운 추를 달아놓아 아직 수면으로 떠오르지 못한 비극을 해독자의 언어로 담아내고자 애쓰면서, 시인은 그렇게 한줄 한줄의 시를 써나가고, 결국 제 삶을 살아낸다. 바닥이, 지상이, 이 세계가 불타오르고 있다. 발을 내려놓을 수가 없다. 오래된 일이다. 변한 것은, 아니 나아진 것은 없다. "척추가 없는 것들"의 "무절제"를 일시에 돌려세울 "뒤집개"가 필요한 것일까? "아래에서 위로, 위에서 아래로 몸을 던져"야 하는 것들을, "죽은 이름들"을 "으깨져 발끝에서 곤죽이" 된 것들에 대한 "기억" 혹은 "얼룩"(「쏟아지는 부엌」)으로 전환해내는 해독자의 이 언어는 진지하면서도 아름답다.

아주 커다란 원을 그리다 지치고 싶다

하늘에서 매미들이 다 쓴 날개를 떨어뜨리고
투명한 죽음들로 무거워지는 여름
우리의 밤이 모여 백야를 낳고
종이다!
흰 종이다!
글자들이 뛰어내리고

(…)
힘이 센 혀가 그늘을 걷어내려다
한꺼번에 무너진다 해도
무너져, 흐른다 해도

—「음악에 부침」 부분

몸이 쓴다. 기억이 쓴다. 감각이 쓴다. 몸-기억-감각이 고유한 시적 에끄리뛰르가 되어, 개인이라는 섬에서 탈출하여 또다른 타자의 섬에 발을 내딛고, 거기서 주관성의 주재자가 되어, 다시 살아나갈 힘을 얻는다. 그래서 시를 쓴다고 말하고 있는지도 모른다. "실패에 엉기는, 실패(失敗)들"(「화살과 저녁」)을 반복하며, "어느 새벽 방바닥에 앉아"(「술래는 슬픔을 포기하면 안된다」), "한꺼번에 무너진다 해도/무너져, 흐른다 해도" 여전히 그렇게, 다시 시를 쓰겠다는 이 매혹적인 목소리는 시라는 형식 속에서 발화될 수 있는 감수성의 가능성을 타진하면서 시의 미래로 향하는 가파른 언덕길을 오르는 데 바쳐질 것이다.

趙在龍 | 문학평론가

| 시인의 말 |

내가 뚱뚱한 꽃 아래 누울 때 밤은 온다. 멀리서. 무엇도 데려오지 않고 혼자서 온다. 내가 뚱뚱한 꽃 아래서 엎드려 울 때 온다. 밤은, 와서 본다. 죽은 것들. 내 사랑들. 그것은 공중에 지은 새집 같아 올려다볼 순 있지만 들어가 살 순 없는 집!

또 무엇이 오는가.

새 시집을 내놓으며 늙은 아기를 낳은 기분이다. 나 혼자서는 충분하다.

이제 아기는 한살 한살 어려질 것이다.

2017년 6월 파주에서

박연준

창비시선 410

베누스 푸디카

초판 1쇄 발행/2017년 6월 19일
초판 4쇄 발행/2022년 6월 10일

지은이/박연준
펴낸이/강일우
책임편집/김선영
조판/박아경
펴낸곳/(주)창비
등록/1986년 8월 5일 제85호
주소/10881 경기도 파주시 회동길 184
전화/031-955-3333
팩시밀리/영업 031-955-3399 편집 031-955-3400
홈페이지/www.changbi.com
전자우편/lit@changbi.com

ISBN 978-89-364-2410-7 03810

* 이 책은 서울문화재단의 2016년도 문학창작집 발간지원사업의 지원을 받아
발간되었습니다.

* 책값은 뒤표지에 표시되어 있습니다.